Die letzte Stunde

Florian W. Huber

Die letzte Stunde
Sokrates und die
Ego-State-Therapie

Bibliografische Information der Deutschen Nationalbibliothek: Die Deutsche Nationalbibliothek verzeichnet diese Publikation in der Deutschen Nationalbibliografie; detaillierte bibliografische Daten sind im Internet über www.dnb.de abrufbar.

Impressum
Ersterscheinung 2023
Alle Rechte liegen beim Autor © 2023
Lektorat: Eva Dempewolf | mehr-kompetenzen.de
Umschlag-Foto: Dr. phil. Florian Huber
Herstellung und Verlag:
BoD – Books on Demand, Norderstedt
ISBN 978-3-7578-6304-3

Für alle, die sich immer wieder
auf die faszinierende Reise nach Innerwelt
begeben. Möge diese Reise Herz, Heilung
und Integration auf die Erde bringen.

Der Kapitän

Identität ist eine Reise und kein Ort.
Sten Nadolny

Das eiserne Tor zum Innenhof fiel entschieden ins Schloss. Eine Stunde würde ihm noch bleiben. Er hatte sie alle weggeschickt. Zuerst die Frauen, dann die Freunde, schließlich seine Schüler und mit ihnen seine Söhne. Schon morgen würde er nicht mehr mit den Händlern am Markt debattieren, junge Männer auf dem Weg zu ihrer Arbeit mit spitzen Fragen rasend machen und die Advokaten vor allen lächerlich. Er würde kein Schiff mehr nach Athen kommen sehen, keine Kriege mehr kämpfen, keine Schüler mehr lehren. Eine Stunde, das war die Gnade, die sie ihm zugesprochen hatten.

Die Dämmerung leuchtete den Sandstein in warmen Tönen aus. Sokrates, der Mann mit der gedrungenen Nase, saß dort, die Sandalen weit mit seinen stämmigen Beinen von sich geschoben, die Füße haltlos im warmen Staub. Etwas in ihm suchte die Erde, und seine Zehen wollten nicht aufhören, in dem goldenen Sand zu graben.

Der Wind hatte den Sand, der einst vom Meer gekommen war, zu Stein werden lassen. Nun war er mit dem Felsen des Hofes verwachsen, wie Sokrates Schicksal besiegelt war. Doch seine kräftigen Zehen wurden nicht müde, das alles anzuzweifeln. Die Welt schien ihm allmählich zu entgleiten, und das Lächeln, mit dem er noch vor wenigen Minuten aus dem Gerichtssaal geschritten kam, war plötzlich einem leeren Gefühl gewichen. So viel Luft hatten seine Worte bewegt, so viele Gemüter erregt, und jetzt saß er regungslos auf dem Stein unter dem einzigen Baum im Hof und starrte durch die hellen Sandsteinmauern hindurch ins Leere. Sokrates, der Mann, der niemals Worte verlor.

Sieben pralle Stunden hatte er den Richtern Rede und Antwort gestanden, ohne ein einziges Mal zu wanken. Doch jetzt war ihm schwindelig und übel vor Hitze. Seine Kehle brannte wie seine Fußsohlen, die noch immer ruhelos im Sand scharrten. Obwohl man ihm zu Trinken gegeben hatte, war sein Durst nicht zu stillen. So wenig wie es in ihm still war. Ein ganzes Leben lang war es laut in seinem Inneren gewesen, hatte etwas in ihm debattiert, gezweifelt, gerungen, verworfen, verschlungen – und war doch noch immer durstig. Sokrates, dessen Seele niemals ruhig war.

„Gottlos? Gottlos nennt ihr mich?", rief er, noch immer aufgeheizt von der Stimmung im Gerichtssaal, in die brennende Nachmittagssonne hinein. „Ihr wisst gar nicht, wie sehr ihr meiner Seele dient! Was habe ich schon zu verlieren? Ihr, die ihr euch Richter nennt! Den wahren Richtern werde ich folgen, und sie wohnen in Häusern, die Paläste sind, den homerischen Hymnen gleich so wie Minos und Rhadamanthys. Wahrlich, sie würden euch die Ehrfurcht lehren, wo Vernunft euch nicht bekehren konnte! Ja, ich zweifle an eurer Vernunft, doch nicht an meinem Glauben! So erwarte ich nun das Urteil der wahren Richter. So oder so habe ich – hört ihr, *ich* – die Wahl getroffen. Und meine Wahl lässt mich gewinnen, während ich mein Leben verliere. Denn entweder erwartet mich auf der anderen Seite ein empfindungsloser, ewig schlafloser Traum oder aber ein Wiedersehen mit all den Göttern und Heroen, den Großen der Geschichte, den Dichtern und Sängern. Jawohl, ich werde Odysseus und seinen Sohn Telemachos sehen! Ich werde mich mit Homer und Orpheus in die Fluten der Erzählung stürzen. Ja, mit ihnen wird diese undankbare Last des irdischen Lebens schnell vergessen sein! Eure Engstirnigkeit wird am Ende verblassen wie ein Segel auf hoher See, das zu einem Schiff gehört, das den Kurs verloren hat und ganz in die falsche Richtung steuert. Nein, ich bin kein Wissender! Aber ich glaube an einen Gott, der wahrhaft richtet, und ich werde mich meinem Schicksal und nur ihm ergeben. So wahr ich hier unter der Sonne Athens sitze!"

So sprach Sokrates in dieser Stunde, in der er noch immer von der ewigen Ruhe sprach und doch keine Ruhe fand. Mochten seine Füße auch noch so tief im Sand danach graben. Seine Gedanken kreisten wie ein Mühlrad, das sich mit jeder Bewegung von der einen in eine andere, weniger kontrollierbare Welt schaufelte. Der Schweiß an seinem Nacken und in seinen Händen war abwechselnd heiß und kalt. Er begann zu zittern. Unruhig rieben seine Finger an der Nasenwand entlang hinauf zu den Tränen, die einfach nicht kommen wollten.

Dann, plötzlich, staute sich etwas in ihm zu einem großen Unheil, und er konnte nicht fassen, was es war. Etwas näherte sich, und sein Verstand konnte sich ihm nicht erwehren, weil er es nicht kannte. Immer wieder musste er sich zwingen zu schlucken, um wenigstes seine Ohren wieder zu öffnen, die, so schien ihm, jetzt endgültig ihren Dienst quittierten.

Er fühlte sich mit einem Mal zerrissen. Er beobachtete unruhig seine Füße, die in monotonen Zügen wie in Zeitlupe in immer gleichen Bahnen den Sand vor ihm hin- und herschoben. Er hatte Angst, vielleicht zum ersten Mal bewusst in seinem Leben. Er war sich fremd. Er war kurz davor, seiner eigenen Person zu entrücken.

Noch nie war er sich selbst so gegenübergestanden. Ja, er kannte sich wütend, leidenschaftlich, aufbrausend, derb und laut, ja auch krank, das alles kannte er. Aber so zerfallen in Geist und Körper kannte er sich nicht. Ihm war, als würde ihm sein Körper nicht mehr gehorchen. Und das, obwohl er das Gift noch gar nicht getrunken hatte, zu dem er verurteilt war! Was wussten seine Beine schon, die sich von ihm entfernten? Was seine Ohren, die sich von selbst verschlossen? Was das laute Surren in seinem Kopf? Die pochenden Schmerzen in den Schläfen? Zum ersten Mal in seinem Leben hatte er tatsächlich Angst, verrückt zu werden. Wie ungerecht das Leben doch war! Ein Leben lang der Vernunft zu dienen und auf den letzten Metern verrückt durchs Ziel zu taumeln? Nein, das hatte er nicht verdient! Bei aller Frechheit, die ihm ein Leben lang ein guter Gefährte gewesen war. So etwas hatte er nicht verdient. Es war unwürdig.

In diesem Zustand, in dem er sich nahezu selbst verlor und mehr noch seine Kraft, dagegen anzukämpfen, begann sich mit einem Mal der ganze Hof um ihn herum zu drehen. Der Wind peitschte wütend die Blätter durch den Hof. Und der Stein, auf dem er saß, schien unter ihm wegzugleiten. Nein, es war nicht der Tod! Der Tod kam leise. So viel hatte ihn das Sterben derjenigen gelehrt, die vor ihm gegangen waren. Die, die jetzt entweder in unendlicher Ruhe waren oder mit den Großen an einem Tisch saßen. Dieses Unheil hier jedoch, es kam laut wie ein brüllendes, verletztes Tier, das sich bis zu diesem Augenblick irgendwo in seinem Körper versteckt hatte und jetzt einen Ausgang aus seiner Höhle suchte. Er hielt den Atem an.

Ein fürchterlich stechender Schmerz fuhr ihm mit einem Mal gleichzeitig in Rücken und Brust. Das Tier in ihm, oder was immer es war, wollte ihn zerreißen. Doch kurz bevor er das Bewusstsein verlor, hörte er eine Stimme, ganz leise, über seiner linken Schulter.

„Sokrates", sprach sie, sanft und gleichzeitig bestimmt. „Sokrates, bleib bei mir!"

Sokrates blickte überrascht auf. „Wer ist da?", fragte er ungläubig.

Der Wind, der soeben überraschend aufgefrischt war, war verschwunden. Die trockenen Ölbaumblätter, die er raschelnd über den Hof getrieben hatte, lagen nun zusammengekauert in der Ecke. Und der Wind hatte ein Loch in der hellen Sandsteinmauer gefunden. Eines, das die Eidechsen benutzten, wenn sie auf ihren nächtlichen Streifzügen ins Freie gingen.

„Ja, Sokrates, ich bin es", hörte er die Stimme, so sanft und kriegerisch, wie sie nur von ihr sein konnte. Die Stimme, sie kam gleichzeitig von innen und war doch ganz nah hinter ihm.

Er hatte gehofft, dass ihm die Göttin an diesem Tag beistehen würde. Und ja, er hatte sie gerufen in der Stunde vor dem Gericht. Das war der Teil, den er seinen Schülern vorenthalten hatte. Doch im Gerichtssaal musste er die Wahrheit alleine bestreiten. Und in diesem Augenblick erinnerte er sich wieder, dass er dieses Ziehen in der Brust morgens schon einmal gehabt hatte. Den ganzen Tag schon hatte es ihn begleitet. Nur war sein innerliches Reden und Debattieren so laut, dass er es nicht hören wollte. Doch jetzt gab es nichts mehr zu verteidigen. Das Urteil war gefallen. Und mit einem Mal tat es ihm leid, dass er der Göttin vorgeworfen hatte, Besseres zu tun zu haben, als einem treuen Diener der Wahrheit mit Gerechtigkeit beizustehen. Sie, die solche Reden liebte!

„Woher hast du gewusst, dass ich dich gerufen habe?", fragte er mit erhobenem Blick, so als könnte er sie besser hören, wenn er den Kopf ein Stückchen hob.

„So wie man weiß, dass das Meer Ebbe und Flut kennt", gab Athena zurück.

Seine Schmerzen in der Brust entspannten sich. Diese Stimme hatte etwas Beruhigendes in ihrer Bestimmtheit, auch wenn sie in Rätseln sprach. Aber hatte er das nicht auch tausende Male getan? Er erinnerte sich noch, als er die Vernunft der Männer prüfte, die nichtsahnend vor ihm über den Marktplatz spazierten, bis er sie – lauernd in der Ecke wie ein giftiges Tier – mit Worten angriff und mit seinen Fragen zu Boden streckte!

„Sag, ist es so, wie ich es mir in der anderen Welt vorstelle?"

„Es ist so und noch viel mehr."

„Aber warum zweifle ich dann? Warum habe ich Angst? Sieh nur, wie sich meine Füße in den Staub krallen? Hänge ich am Ende doch an diesem Leben?"

„Deswegen bin ich hier."

„Wie meinst du das?"

„Du hattest gerufen."

„Mein Ruf? Kannst *du* mir jetzt noch helfen?"

„Um das herauszufinden bin ich hier. Oder hast du Besseres zu tun?"

Sokrates blickte beschämt zu Boden.

„Du hast mich also doch gehört."

Sie lächelte zum ersten Mal in seiner Gegenwart, und er konnte es in seinem Rücken spüren.

„Ihr Menschen, was wisst ihr schon von uns Göttern!"

„Nur das Beste!", erwiderte Sokrates sogleich. Er war schon wieder ganz in Verteidigungslaune. Diese Seite in ihm war schnell zu beleben. Aufbrausend wie das Meer im November. Es brauchte nicht viel.

„Da habe ich anderes gehört", gab die Göttin zurück. „Aber lass uns diese kostbare Zeit nicht mit Debattieren vergeuden. Gestritten hast du genug."

Sokrates blickte erneut zu Boden.

„Das stimmt. Gestritten habe ich bei Leibe genug. Und ich könnte immer noch ..."

Seine Augen loderten feurig.

„Gerechtigkeit ist ein weites Meer", besänftigte Athena das Flammen in Sokrates Augen.

„Ja, und es brennt wie Salz in meinen Augen. Wie können die Menschen nur so blind ..."

„Menschen wie du einer bist?", unterbrach ihn Athena.

Sokrates hielt irritiert inne. Normalerweise war er es, der die Fragen stellte.

Es war für einen Moment still. Ja, er war auch nur ein Mensch wie alle anderen. Und das spürte er in dieser Stunde mehr als je zuvor.

„Du hast Recht", besann er sich. Er stellte sich vor, wie die Besonnenheit ihn belauschte. So, als wollte sie wissen, ob am Ende nicht doch das Feuer der Wut in ihm siegte.

„Also, was soll ich tun?“, fragte er halblaut.

„'Was soll ich tun?' – ist das wirklich die Frage, mit der du deine letzte Stunde verbringen möchtest? Hast du immer noch nicht genug *getan* in deinem Leben?“

Sokrates dachte eine Weile nach. Dann hob er feierlich seinen Kopf.

„Nein, du hast Recht, Pallas Athena.“ Zum ersten Mal benutzte er ihren vollen Namen. „Nein, wahrlich, es gibt nichts mehr zu tun. Ich wünsche mir vielmehr, nichts hier zu lassen. Ich will im Ganzen gehen, wenn du sagst, dass die andere Welt dort drüben so ist, wie ich sie mir vorstelle. Ich möchte als Ganzes durch die andere Welt wandeln, nicht zerrissen oder getrennt. Nicht so, wie ich mich jetzt fühle.“

„Sicher?“

Sein Blick glitt über seinen drallen Bauch, über die kurzen Beine bis zu seinen nun reichlich staubigen Füßen. Dann musste er plötzlich schallend lachen.

„Oh nein, Pallas Athena, diesen Körper lassen wir doch lieber hier! Dieser Körper, den die Vernunft ein Leben lang versucht hat zu lehren, genügsam zu sein, und der am Ende doch so fett geworden ist! Ich wünschte, ich könnte sehen, wie sie sich abmühen, ihn hier über den Hof zu schleifen!“

Dann war es für einen Moment still. Eine Lerche hatte sich im Ölbaum niedergelassen. Und das Wackeln der Zweige ließ die Schatten auf den immer noch gleißenden Sand vor ihm tanzen. Ihm wurde schwindelig. Erst jetzt war ihm aufgefallen, dass der alte Baum immer noch neue Zweige trieb. Nur der Vogel passte nicht dazu. Hätte er ein Gemälde in Auftrag gegeben, er hätte es anders gesehen. Eine Nachtigall oder wenigstens eine weiße Taube wäre passender gewesen. Eine Lerche passte nicht ins Bild.

„Hört das denn nie auf, dass die Vernunft uns narrt?"

Athena sah weise über seine Frage hinweg. Die Frage war typisch menschlich. Genau genommen übermenschlich. Und sie wusste, dass selbst die höheren Götter damit ihre Mühe hatten. Auch sie wussten nicht alles. Doch im Gegensatz zu den Sterblichen hatten sie aufgehört, alles zu hinterfragen. Der Kosmos war eben so, wie er war. Es gab Gesetze. Und eine Macht, die hinter all dem stand. Eine Macht, der sich auch die Götter nicht entziehen konnten. Doch davon wusste Sokrates nichts. Zu sehr war er in Raum und Zeit verhaftet mit seinen Gedanken.

Pallas Athena wartete noch immer. Wie viele sterbliche Seelen hatte sie über diese Schwelle stolpern sehen! Doch er, Sokrates, er könnte es schaffen. Deshalb war sie gekommen. Es war eine freudige, willkommene Abwechslung im unsterblichen Dasein einer Göttin. Und hier könnte es sich lohnen. Doch noch immer saß er da und scharrte wie ein Huhn mit den nackten Zehen im Sand. Die Zeit lief ihm davon, und er hätte zu gern gewusst wohin.

„Du willst also nichts hierlassen?", brach sie das Schweigen. „Nichts, abgesehen von deinem Körper?"

„So ist es. Jetzt, da ich keine Gespräche mehr auf dem Marktplatz führen kann, brauche ich auch keinen Körper mehr."

Athena hatte keine Eile. Und Sokrates suchte nach den richtigen Worten.

„Warte! Oder doch im *Einklang*? Ja, im Einklang mit mir selbst möchte ich mein geliebtes Athen verlassen. Denn ich bin nicht sicher, ob ich wiederkomme."

„Gut. Dann folge mir."

Sokrates war überrascht.

„Wohin?", fragte er mit großen Augen.

Etwas in ihm war seit Tagen bereit, aus dem Leben zu gehen, und doch war es anders, wenn die letzte Stunde gekommen war.

„Ich werde es dir gleich zeigen. Aber bevor wir gehen, müssen wir hier an Land einen Anker setzen."

Sokrates wusste nicht genau, was sie damit meinte, aber ein Teil in ihm war bereit, ihr zu folgen. Athenas Stimme hatte etwas sehr Beruhigendes. Und es war, als würde sie ihm ihre inneren Augen leihen, damit er damit weiter sehen konnte.

„Spüre den Boden unter deinen Füßen, Sokrates."

Sokrates gehorchte und war nun ganz bei ihr.

„Und jetzt nimm Kontakt mit *Gaia* auf, unser aller Mutter Erde. Gib ein wenig Druck in den Sand, zeig ihr, dass du noch hier bist und an sie denkst. Oder wenn dir eine andere Vorstellung lieber ist, nimm diese. Ich bin nicht hier, um dich zu lenken. Ich bin hier, um dich zu begleiten. Du wirst das von meinen Worten hören, was du für diesen Teil deiner Reise brauchst, alles andere wird der Wind über diese Mauern hinwegtragen."

Sokrates bewegte seine Zehen kraftvoll im Sand. So hatte er es vorhin schon getan, aber es war anders, wenn man jemanden bei sich wusste, wenn man es tat.

„Gut so. Jetzt halte einen Moment inne. Nimm wahr, was Gaia dir sagen möchte. Spüre, wie sie Kontakt über deine Füße mit dir aufnimmt. Wenn du möchtest, stelle dir vor, dass es ein Dialog zwischen euch beiden ist. Wie spürst du, was sie sagt?"

„Es kribbelt ein wenig, und meine Beine fühlen sich schwer an. Anders schwer als ich es nach Weingelagen kenne."

Fast hätte er das Alltägliche, jetzt Belanglose, zurück in den Hof geholt. Doch er konnte seinen Geist schnell genug wieder einfangen. Er hatte seine Schüler gelehrt, den Geist wie einen Hund zu trainieren. Hunde waren zu nichts zu gebrauchen, wenn sie immer frei, eigenen Willens, durch die Stadt streiften. Sie machten nur Arbeit, Ärger, Lärm und Dreck. Aber ein gut erzogener Hund konnte Schutz und ein guter Gefährte sein. So war es auch in dieser Stunde. Sokrates wollte so einen Geist bei sich haben.

„Nein,“, fuhr er fort, „es ist, als würden sie mit einem Magnet in Richtung Erdkern gezogen.“

„So ist es, Sokrates. Das ist eine der vielen Sprachen, die Gaia spricht. Rede mit ihr. Lass deine Beine in Kontakt mit ihr gehen. Du wirst sie eine Zeitlang vielleicht nicht mehr so intensiv spüren wie jetzt. Vielleicht möchtest du dir vorstellen, dieses Gefühl für immer mit dir zu nehmen, wenn es sich wohl anfühlt. Erlebe dich ganz, im Hier, im Jetzt.“

Sokrates folgte Athenas Rat, und seine Bewegungen im Sand wurden immer feiner. Seine Zehen fingen ganz von selbst an, kleine Kreise im Staub zu ziehen. Dann hielt er inne, um auf Gaias Antwort zu warten. Und während er dieses Spiel ein paar Mal wiederholte, öffnete sich sein Mund und seine Augen weiteten sich, und füllten sich mit Neugier, wie eine Bucht, die zum ersten Mal ein fremdes Schiff empfängt.

„Und wenn du bereit bist, ein Stück weiter zu gehen, gib mir ein Zeichen, damit ich weiß, dass du soweit bist.“

Sokrates nickte.

„Gut. Nun, sag mir fünf Dinge, weiser Sokrates, die du jetzt siehst.“

„Meine Füße, diesen Stein, das Tor in meinem Rücken, meine Hände, Schatten.“

„Fünf Dinge, die du hörst.“

„Die Vögel draußen im Hain, einen Hund, das Gebell der Stadt, die Zweige im Wind, meinen Atem.“

„Fünf Dinge, Sokrates, die du jetzt schmecken oder riechen kannst.“

„Das Salz auf meinen Lippen, den Sand unter meinen Füßen, den Schweiß meiner Arme, die Erde unter dem Ölbaum, die Luft, die vom Marktplatz kommt.“

„Fünf Dinge, die du spürst.“

„Den Stein, auf dem ich sitze, das Brennen meiner Kehle, den Sand zwischen meinen Zehen, den Staub auf meinen Händen, und den Wind an meinen Schläfen.“

„Vier Dinge, die du siehst.“

„Die Mauer, den Sand, den Baum, meine Füße.“

„Vier Dinge, die du hörst.“

„Noch immer das Gebell der Stadt, die Möwen am Himmel, einen anderen Hund, meinen Atem.“

„Vier Dinge, die du jetzt schmeckst oder riechst.“

„Den Sand, das Salz, den Schweiß, den Olivenbaum, er blüht.“

„Vier Dinge, die du spürst.“

„Den Sand zwischen den Zehen, den Wind an den Schläfen, den Stein, meinen Rücken.“

„Drei Dinge, die du siehst.“

„Die Mauer, das Dunkel dazwischen, den Sand.“

„Drei Dinge, die du hörst.“

„Hunde, Männer, ein Kind.“

„Drei Dinge, die du schmeckst oder riechst.“

„Salz, die Blüte, den Wind, der vom Meer kommt.“

„Drei Dinge, die du spürst.“

„Meine Beine, meinen Atem, meine Brust.“

„Zwei Dinge, die du siehst.“

„Die Mauer und den Himmel darüber.“

„Zwei Dinge, die du hörst.“

„Deine Stimme, den Wind.“

„Zwei Dinge, die du schmeckst oder riechst.“

„Das Salz, meinen Atem.“

„Zwei Dinge, die du spürst.“

„Meinen Atem und wie die Brust sich hebt.“

„Etwas, das du siehst.“

„Das Meer hinter den Mauern.“

„Etwas, das du hörst.“

„Deine Stimme.“

„Etwas, das du schmeckst oder riechst.“

„Einen bekannten Duft.“

Sokrates zuckte überrascht zusammen. Der Duft gehörte seiner Frau. Auch wenn sie ihn jahrelang nicht mehr getragen hatte. Er konnte plötzlich spüren, wie sie ihn noch immer liebte. Auch wenn es eine halbe Ewigkeit zurück lag. Es war da, dieses Gefühl. Und er bereute jetzt, dass er sie weggeschickt hatte.

„Sokrates, wir haben nicht allzu viel Zeit“, mahnte Athena weise. „Wenn du möchtest, dann bleiben wir hier noch eine Weile, wenn nicht, dann gehen wir ein Stück weiter.“

Sokrates atmete tief durch. Sein Geist saß treu und gehorsam neben ihm wie ein Hund, der seinen Herrn auf seinem letzten Gang begleitet.

Und er roch noch einmal Xanthippes Seife. Sie versprühte den Duft von Oliven und weißem Ginster. Dann war er wieder ganz bei Athena.

„Etwas, das du spürst.“

„Meinen Atem.“

„Gut, Sokrates. Dann nimm einen leichten Atemzug und schließe jetzt deine Augen.“

Und Sokrates tat, wie ihm gesagt wurde, während Athena ihn mit einer spielerischen, aber bestimmten Geste ihrer Hand begleitete. Und als ihre Hand oben war, viel höher als Sokrates es gedacht hatte, wendete sie und sank langsam nach unten.

„Nun geh an einen Ort, an dem es sich für dich gut anfühlt. Ich weiß nicht, was das für ein Ort sein kann. Aber du wirst es wissen. Es ist ein Ort, an dem du dich ganz und sicher fühlst. Und wenn du so einen inneren Ort gefunden hast, dann gib mir mit einem Kopfnicken zu verstehen, dass du dort angekommen bist.“

Mit einem Mal legte sich eine seltsame Ruhe über ihn, die sich über den Rücken nach oben zum Nacken hin ausbreitete, dann nach vorne und warm um sein Herz floss und schließlich über die Brust in seinen Bauchraum zog, um dort zu ankern.

Und während zum ersten Mal an diesem Tag so etwas wie Ruhe in Sokrates' Geist und Körper einkehrte, ließ sich ein Adler auf einer der hohen Mauern über dem Gerichtshof nieder.

Ein Vogel, dessen Blick so scharf war wie der Verstand des Mannes, den er dort unten auf seinem Stein sitzend beobachtete. Und er sah, dass dieser Mann, der dort im silbrigen Schatten des alten Ölbaumes saß, jetzt seine Augen geschlossen hatte und dass seine Augäpfel unter den Lidern zu rollen begannen. So, als würden sie den Raum im Inneren der Seele ausloten, wie man es von Träumern kannte. Ab und an zuckten seine Füße in kurzen und schnellen Bewegungen im Staub, so wie Hunde das tun, wenn sie mit halb offenen Augen schlafen. Doch diese Bewegungen waren feiner und nur mit scharfen Blicken auszuloten, die gleichzeitig tief und weit in das Körperfeld hineinreichten. Ja, wenn man genau hinsah, konnte man sehen, dass es die Aura dieses Mannes war, die zuckte, als würde sie von kurzen Blitzen durchfahren. Dann veränderte sich der Mund. Die Lippen lagen jetzt locker aufeinander. Das Mahlen der kräftigen Kiefer hatte ausgesetzt. Und dieser allmählich zur Ruhe kommende Mann schluckte jetzt nur noch in weiten Abständen, so als wäre ein Teil seines Körpers schon an einem Ort, an dem die Zeit in weiteren Gefäßen floss.

„Ich habe das Gefühl, dass ich Stufen hinabsteige, und gleichzeitig führen sie nach oben“, sprach Sokrates dann mit ruhiger Stimme.

„Fühlt es sich für dich denn sicher an?“, fragte Athena.

„Ich fühle mich getragen.“

„Gut. Dann folge diesem Gefühl. Ich bin bei dir. Wir gehen diesen Weg gemeinsam, und ich gebe Acht, dass dein Körper hier im Hof solange unversehrt bleibt. Irgendwo auf dieser Treppe, vielleicht nach fünf oder sechs Stufen, hat diese Treppe ein Geländer. Ich weiß nicht, wie es aussieht, aber du wirst es wissen."

Sokrates nickte abermals. Und nach ein paar Schritten fasste seine Hand nach dem Geländer. Athena konnte es sehen, und sie wachte über ihn. Es dauerte eine Weile, dann war er angekommen.

„Ich bin in einem Garten. Reife Granatäpfel hängen über mir. Es gibt Käse und Wein. Ich höre Stimmen in der Ferne, und irgendwo spielt eine Laute. Ich glaube, hier könnte ich eine Weile bleiben. Haben wir noch so viel Zeit?"

„Ja, haben wir, Sokrates. Erlaube dir jetzt, ein wenig Zeit an diesem inneren Ort zu verbringen, was auch immer du dort gerne tun oder erleben möchtest. Verbringe einfach ein wenig ‚Sokrates-Zeit'. Du weißt, was ich damit meine. Erlaube dir, dort zu entdecken, was du möchtest. Ich warte hier solange auf dich. Und wenn du bereit bist, dass wir ein Stück gemeinsam weitergehen, gib mir wieder ein Kopfnicken als Zeichen."

Es dauerte eine Weile, und Sokrates hatte nicht einmal bemerkt, dass die Lerche wieder aufgebrochen war. Seine Logik brauchte sie nicht mehr, und sie würde einen besseren

Platz für sich zum Abend finden. Es war Hermes-Zeit. Nicht mehr Tag und noch nicht Nacht. Und Sokrates tauchte noch immer an einem Ort, der seine Atmung tiefer in den Bauchraum sinken ließ. Zwei Mal konnte man diesen Rhythmus sehen, dann nickte etwas in ihm.

„Gut", sprach Athena. „Nun geh an einen Ort in deinem inneren Reich, an dem du eine Versammlung einberufen kannst. Ich weiß nicht, wie dieser Ort aussehen kann, aber du wirst es wissen."

Sokrates nickte und antwortete sogleich.

„Es ist die Agora, der Marktplatz. Aber nicht der von Athen! Hier werden keine Waren gehandelt, es ist mehr eine Tempelanlage. Hier werden Meinungen und Vorstellungen gehandelt, hoch gehandelt. Jeder hier ist adelig, egal welcher Herkunft er ist. Hier kann jeder frei sprechen, sofern er es aufrichtig und mit reinem Gewissen tut."

„Das klingt ganz nach einem Ort, Sokrates, an dem wir uns in Ruhe unterhalten können. Nun sieh dich um und suche dir einen Platz, an dem du es gut aushalten kannst. Ich bleibe solange hier. Du kannst meine Stimme hören oder meinen Atem, wenn du möchtest. Sieh dich in Ruhe um und beobachte, ob alles gut vorbereitet ist. Ein Tempel ist ein heiliger Ort. Aufrichtigkeit, sagst du, ist hier zu Hause? Das steht dem Ort wohl gut."

Sokrates nickte abermals und gab zu verstehen, dass er seinen Platz gefunden hatte.

„Ich kann gut sehen und hören. Es riecht auch gut. Der Ginster blüht", sagte er.

Und zum zweiten Mal spürte er das Lächeln der Göttin, die noch immer dicht links hinter ihm stand. Sie war größer geworden und umspannte jetzt seinen ganzen Rücken.

„Gut. Wie du weißt, haben wir alle verschiedene Seiten oder Facetten in uns, Sokrates. Deine Freunde oder deine Schüler können sie vielleicht klarer sehen als du selbst. Sie reden dann auch so von uns. Dich nennen sie hier in der Stadt den seltsamen Sucher. Ich weiß nicht, ob es so einen Teil in dir gibt. Aber es ist etwas, was man dir ansieht. Mich nennen sie Pallas Athena, die Stadtgöttin, die Mächtige, die Kämpferin, auch Handwerkerin werde ich genannt oder die Göttin der Künste und Wissenschaft. Manche nennen mich auch einfach die Grauäugige. Alles das bin ich und noch viel mehr. Wir haben viele Seiten in uns, die uns ausmachen, je nachdem, wie man uns anspricht oder antrifft. Stelle dir vor, deine Seele ist wie der Olymp – auch wenn das die einzelnen Götter nicht so sehen wollen. Jeder von ihnen hat seine eigenen Schwächen und Stärken, seine eigene Geschichte, seine eigenen Kämpfe und Leidenschaften. Es gibt Götter unter uns, die sind schon seit den Ägyptern hier. Sie sind sehr viel älter als die anderen. Denk nur an Kronos. Und dann sind da noch die Halbgötter, die aus der Verbindung mit den Menschen entstanden sind. Dionysos ist einer von ihnen oder auch Herakles. Alles hat seine

Geschichte, Sokrates. So wie du. Du musst nur wissen, jeder dieser Anteile ist ursprünglich gekommen, um dir zu helfen, was immer seine Aufgabe ist."

Dann war es für einen Moment still. Die Blätter bewegten sich sanft im Wind. Und Sokrates saß ganz ruhig da. Er war ein aufmerksamer Zuhörer.

„Wir sind je nachdem, wie wir auf die Welt reagieren", sprach Sokrates.

„So ist es. Du bist ein kluger Mann. Suche dir nun einen Platz in deiner inneren Welt, an dem du gut zuhören kannst, Sokrates. Wir werden uns eine Weile nicht sprechen. Ich möchte mich mit einigen Seiten von dir unterhalten."

Sokrates nickte und war mit seiner Nase wieder ganz beim Ginster.

„Nun, ich frage mich, ob es einen Teil in Sokrates gibt, der noch etwas sagen möchte, bevor Sokrates diese Welt für eine andere verlässt. Wenn es so einen Teil gibt, wird der Kopf nicken. Wenn es keinen solchen Teil gibt, wird der Kopf nein schütteln."

Sokrates nickte.

„Danke, dass du zu dieser Versammlung gekommen bist", sprach Athena freundlich. „Ich bitte dich, durch Sokrates' Lippen und mit Sokrates' Stimme zu mir zu sprechen. Willst du mir deinen Namen nennen?"

„*Outis*" hallte es griechisch von der Mauer wider.

„Niemand?", übersetzte Athena.

„Ja."

„Ist Niemand dein Name?“

Er nickte.

„Sag, Niemand, wann bist du in Sokrates‘ Leben gekommen?“

„Ich bin nicht in Sokrates‘ Leben gekommen.“

„Wie meinst du das?“

„Er hat mich erschaffen.“

„Er hat dich erschaffen? Wie hat er das getan?“

„Es gibt viele Möglichkeiten, seine Mannschaft anzuheuern.“

„Du sprichst von *innerer* Mannschaft?“

„Ja.“

„Erzähle mir davon. Was weißt du über das Anheuern einer Mannschaft?“

„Nun, manche kommen in Not an Bord, sie brauchen Schutz und Verteidigung und bieten sich dem Schiff an. Sie haben gute Antennen, wenn es darum geht, Gefahren auszuloten. Sie erkennen Klippen und Untiefen, lange bevor andere sie sehen können. Sie haben einen speziellen Sinn dafür. Und im besten Fall reagieren sie besonnen dort, wo andere blind segeln würden.“

„Gut, dass es solche Teile der Mannschaft gibt.“

„Aber sie können das Schiff auch in ernsthafte Schwierigkeiten bringen.“

„Wie das?“

„Wenn sie aus Angst das Ruder ergreifen.“

„Aus Angst? Kennt Sokrates so eine Erfahrung?“

Niemand nickte.

„Weißt du, es kann gefährlich sein, wenn diese Teile plötzlich kämpfen wollen, wo gar keine ernsthafte Gefahr besteht. Oder sie flüchten ohne erkennbaren Grund. Sie fliehen dann kopflos vor etwas, was lange zurückliegt, und steuern möglicherweise gerade dadurch auf etwas zu, das auch für alle anderen zur Todesgefahr wird. Wenn sie am Ruder sind, kann viel Unheil über das Schiff hereinbrechen. Berauscht von der Vergangenheit, segeln sie blind durch die Gegenwart. Das ist kein guter Kurs!“

„Du sprichst von Pan?“

„Ja, manchmal reicht eine Geste oder ein Wort, und es bricht panische Angst aus. Manche verstecken sich dann irgendwo unter Deck oder hängen lethargisch in den Planken. Oft ist es am helllichten Tag, manchmal auch nachts. Ein weiser Kapitän tut gut daran, seine Mannschaft sorgfältig zu wählen. Doch sie, die von der Vergangenheit Berauschten, kommen einfach an Bord. Oft haben sie Schlimmes erlebt. Die Wirren des Krieges, einen schmerzhaften Verlust, oder sie waren schutzlos Scham und Pein ausgeliefert. Manchen ist Pan nur ein einziges Mal im Leben erschienen, vielleicht nur für Sekunden, und sie haben sich so erschrocken, dass sie diesen Schrecken nie wieder loswerden. Stell dir vor, so jemand nimmt das Ruder in die Hand!“

„Das kann ich mir vorstellen. Und wer schützt *sie*?“

„Manch starke Krieger haben es sich zur Aufgabe gemacht, sie zu beschützen, so gut es eben geht. Sie bilden gerade dadurch ihre Tapferkeit zu ihren besten Künsten aus. Der ängstliche Teil ist geschützt, aber es ist, als wäre eine Mauer um ihn herum. Doch eigentlich will er leben. Er will auf Kurs bleiben, Teil der Mannschaft sein. Wie gesagt: Ein guter Kapitän weiß ihre Hellsicht zu schätzen. Aber manche von ihnen verlassen plötzlich in Panik das Schiff und gehen woanders hin. Ihre Seele steigt aus und schwirrt irgendwo im Äther umher. Und man weiß nie, wann sie zurückkommen und wann sie es wieder tun."

Athena verstand, und für einen kurzen Moment war nur das Rauschen des Windes zu hören. Es ebbte auf und ab, und sein Wogen erinnerte in seltsamer Weise an den alten, ewigen Rhythmus des Meeres. Irgendwie war für diesen Moment alles miteinander verwoben. Als es wieder ruhiger wurde, fügte Niemand noch etwas hinzu.

„Und sie sind unruhige Schläfer. Sie schlafen schlecht, sind fast immer irgendwie halb wach und sehr nervös. Manche leben in einer Zwischenwelt, nicht hier und nicht dort. Andere reden in diesen Zuständen mit Göttern und fremden Mächten."

„Ich verstehe. Manchmal höre ich solche verzweifelten Rufe."

Niemand hielt überrascht inne.

„Verzeiht, Athena, ich ..."

„Entschuldige dich nicht. Ich habe einen Ruf, und er gilt allein Sokrates in seiner letzten Stunde. Sag, was macht er gerade?"

„Nun, er sitzt hier in der Runde im Tempel."

„Hört er uns zu?"

„Ja."

Das Rauschen, das vorhin noch zu hören war, war nun wieder verschwunden, und der Wind jagte in kleinen, vorsichtigen Zügen den welken Blättern im Hof hinterher.

„Siehst du seine Hände?", wollte Niemand von Athena wissen.

Sie hatte tatsächlich kurz Sokrates' Körper aus den Augen gelassen. Ihr Blick war über die Mauern hinaus zum Meer gewandert. Rasch kehrte sie zurück und konnte sehen, wie sich Sokrates' Hände bewegten.

„Ja, die rechte Hand ist leicht zur Faust geballt. Was ist mit dieser Hand?"

„Das ist meine Art, in ihm zu wirken. Er hält das Ruder."

„Wozu?"

„Bald schon wird er es brauchen."

Dann war es für einen Moment still.

„Ich danke dir, Niemand, dass du gekommen bist. Ich verstehe jetzt schon ein bisschen mehr. Aber sag, wie bist du in Sokrates' Leben gekommen, wenn er dich, wie du erzählst, erschaffen hat?"

„Es begann mit den ersten Runden, in denen er den Rhapsoden gelauscht hat. Er war noch keine fünf Jahre alt. Immer und immer wieder wollte er die Geschichte von Odysseus hören. Er wollte sein wie er. Dadurch hat er mich erschaffen. Durch Wiederholung. Ich bin ihm durch die Gewohnheit so vertraut geworden, dass er heute manchmal denkt, er ist Odysseus."

„Und bist du Odysseus?"

„Nein, ich bin wie gesagt *Niemand*."

„Und wie hat er dich erschaffen?"

„Er war fasziniert von der Schlauheit des Odysseus. Und als Polyphem um Hilfe rief, nachdem Odysseus ihn mit List geblendet hatte, blieb dem Zyklopen nur zu rufen, was er von Odysseus wusste: Niemand! Niemand hat mich geblendet! Und so gingen die Götter wieder zu ihrem Tagesgeschäft über und überließen Polyphem seinem Schicksal."

Athena nickte stumm. An diese Schmach konnte sie sich gut erinnern. Die Götter sprachen nicht gern darüber.

„Diese Listigkeit hat Sokrates schon als Junge fasziniert, und er wollte sein wie er. Odysseus. Und immer, wenn er etwas angestellt hatte, hatte er eine passende Antwort.

„Hast du ein Beispiel für mich?"

„Einmal sah er in jungen Jahren einen Eimer mit frisch gemolkener Ziegenmilch in der Küche seiner Mutter stehen. Er ist mit ihm hinunter an den Strand gelaufen. Dort angekommen, hat er ihn dann ohne zu zögern ins Meer gekippt, um zu sehen, ob die Haut auf den Wellen wohl ebenso schwimmt wie in den Töpfen am Herd seiner Mutter. Und als seine Mutter fragte, wer denn den Eimer Ziegenmilch genommen habe, antwortete Sokrates mit einem frechen Lachen: Niemand. So wurde ich erschaffen. Wir haben ziemlich viel angestellt, und er ist häufig gut davongekommen. Das war ich. Das ist meine Aufgabe bei ihm an Bord. Ich bin die List."

„Außer vor Gericht."

„Mit dem Urteil habe ich nichts zu tun", setzte Niemand sogleich entgegen. „Das haben andere bestimmt."

„Wer?"

„Nicht die Richter."

„Wer dann?"

„Es gibt Teile der inneren Mannschaft, die sind stärker als ich."

„Wer?"

„Sokrates nennt ihn seinen *Daimonion*."

„Er nennt ihn sein Gewissen?"

„So ist es."

„Was weißt du über ihn?"

„Wenig, aber wir hier, wir kennen ihn alle. Er ist ein mächtiger Anteil hier an Bord."

„Ist er jetzt auch hier?"

„Ja. Du kannst ihn sehen."

Und tatsächlich sah Athena, dass sich der Brustkorb die letzten Minuten angespannt hatte. Sokrates' Körper hatte eine anmutige, ja stolze Haltung angenommen. Ganz so, als hätte er einen ganz bestimmten Auftrag zu erfüllen. Doch noch war die Zeit nicht gekommen, mit ihm zu sprechen. Etwas in ihr riet ihr, behutsam vorzugehen. So nutzte sie die wenige Zeit, die ihr noch bleiben mochte, um noch etwas mehr zu erfahren.

„Ich verstehe", sprach sie in die innere Welt von Sokrates, um zu signalisieren, dass sie diese Seite von ihm wahrgenommen hatte.

„Sag, Niemand, du sprichst viel von Schiffen und Mannschaft."

„Weil es die Sprache ist, die sein Herz versteht! Und er denkt viel in Schiffen, in der Sprache des Meeres, spricht von Ruder und Segeln."

„Ich erinnere mich. Als ich ihn vorhin gebeten hatte, sich im Hier und Jetzt gut zu erden, habe ich das Wort *ankern* benutzt. Ich wusste nicht warum, es kam mir zugesprochen."

„Das war ich."

„Das warst du?"

Niemand machte eine leichte Handbewegung. Dann setzte er zur Frage an. „Hast du ihn gefragt, weise Athena, wie er sich seinen letzten Gang vorstellt?"

„Nun, ich weiß, dass er zwei Möglichkeiten sieht", antwortete Athena, „was ihn nach diesem Leben erwartet, und beide sind ihm lieber als das unwahre Leben hier."

„Das mag sein. Aber weißt du *wie* er sich vorstellt dort hinzugelangen?"

„In der Tat, das habe ich nicht. Ist es denn wichtig?"

„Nun, er wird sich den Gang zum Jenseits als die letzte große Seefahrt vorstellen. So wie Odysseus' Heimkehr im achten Gesang der Odyssee."

„Woher willst du das wissen?"

„Weil er mir vertraut und ich ihm dieses Bild eingeben werde."

„Wann?"

„Er hat es schon."

Sokrates nickte unwillkürlich.

Athena war erstaunt. Sie wusste schon einiges über die Seele der Menschen. Und dies war eine Gelegenheit, von den Menschen zu lernen. Auch wenn es am Ende keine Überlegenheit war. Doch gerade deswegen war sie Sokrates' Ruf gefolgt. Sie konnte hier noch einiges lernen. Man durfte die Menschen nicht unterschätzen, wie es andere Götter taten. Menschen wie Sokrates schon gar nicht.

„Ich danke dir, Niemand, dass du mich Sokrates' Denken gelehrt hast. Ich werde meine Worte sorgfältig wählen. Wir haben nicht mehr viel Zeit. Ich bitte dich nun, einen Schritt im Tempel zurückzutreten, damit ich sehen kann, ob es noch andere Anteile gibt, mit denen ich sprechen kann."

Sodann öffnete sich ganz leicht Sokrates' rechte Hand, sie blieb angedeutet eine Faust, aber entspannt. Das Ruder war nun wieder frei.

„Ich habe soeben ein Stück eurer inneren Welt erfahren", sprach Athena anmutig in die Tempelrunde. „Nun frage ich mich, ob es in der inneren Welt noch jemanden gibt, der in dieser letzten Stunde etwas sagen möchte. Wenn es so ist, bitte ich ihn, durch Sokrates' Lippen und mit Sokrates' Stimme mit mir zu sprechen."

Kurzzeitig setzte das Rauschen der Brandung wieder ein. Oder war es der Wind? Die Augen des mächtigen Adlers waren noch immer regungslos auf die Szenerie im Innenhof gerichtet.

„Ich bin hier", ertönte es entschlossen aus der inneren Welt.

„Mit wem spreche ich?"

„Ich-weiß-dass-ich-nicht-weiß."

„Ich-weiß-dass-ich-nicht-weiß?"

„So ist es."

„Danke, dass du in diese Runde gekommen bist. Sag, wie darf ich dich ansprechen?"

„Du kannst mich mit du ansprechen, ich weiß, dass man noch lange von dir erzählen wird."

„Woher nimmst du dein Wissen?"

„Von vorne."

„Du kommst aus der Zukunft?"

„So ist es."

„Und gab es dich auch schon in der Vergangenheit?"

„Ja. Er hat mich wie Niemand erschaffen. Ich bin ein Mental wie er."

„Kennst du Niemand?"

„Ja, ich kenne ihn gut. Es ist richtig, was er sagt. Sokrates denkt gerne in Bildern des Meeres, und einer seiner Schüler wird seine Worte berühmt machen."

„Wer ist es?"

„Platon."

Sokrates' Körper zuckte plötzlich zusammen. Platon war ihm einer seiner liebsten gewesen. Er zählte gerade mal achtundzwanzig

Jahre. Aber auch ihn hatte er am Ende weggeschickt.

„Wenn du auf Sokrates blickst, was macht er gerade?"

„Er sitzt hier in der Runde, er hört uns zu. Und manchmal ist seine Aufmerksamkeit auch dort draußen auf der Mauer. Es ist dieser Adler, der ihn beschäftigt. Es ist, als würde er seine Umgebung rundherum mit seinen Augen sehen können. Auch das, was hinter ihm ist. Und soeben hat sein Körper gezuckt."

„Ja, das habe ich gesehen."

„Denkst du, er würde gerne mehr erfahren wollen? Ist es wichtig für ihn, um leichter gehen zu können?"

„Ich denke, es könnte ihm helfen."

„Dann erzähle mir *von vorne*. Was werden sie über Sokrates sagen?"

„Sie werden nicht sagen, sie werden *schreiben*. Platon wird von ihm erzählen, und er wird alles aufschreiben. Die Verhandlung, das Gericht, seine Worte und was er mit seinen Schülern gesprochen hat. Platon wird ihm ein Denkmal setzen. In der westlichen Welt werden sie Platon als Begründer der akademischen Philosophie verehren, aber den Griechen selbst wird Sokrates immer noch ein Stück näher bleiben. Seine Philosophie ist die auf dem Marktplatz. Die des Platon wird in Akademien gelehrt werden."

Für einen Moment zuckte es wieder. Diesmal war es Athena, als sie gehört hatte, dass man in weiter Ferne auch Menschen verehren würde.

„Du kannst weit sehen“, sagte sie dann.

„'Ich weiß, dass ich nichts weiß' ist der Satz von Sokrates an den man sich erinnern wird.“

„Aber du heißt anders.“

Es ging ein Aufhorchen durch die innere Welt. Und Athena spürte, dass sie ab diesem Augenblick die Achtung der ganzen Mannschaft hatte. Sie war eine aufmerksame Beobachterin. Sokrates vertraute ihr, aber das hieß nicht, dass seine innere Welt ihr vertraute. Doch jetzt hatte sie Zugang zu weiten Teilen seiner inneren Welt, und es bestand Hoffnung, dass sich ihr auch noch andere Anteile anvertrauen würden. Allein, ihr blieb nicht mehr viel Zeit.

„Das hast du gut gehört, Athena“, gab Ich-weiß-dass-ich-nicht-weiß zurück. „Sie werden nicht alle so scharf denken wie Sokrates und so fein zuhören wie du. Und über viele Jahrhunderte, Jahrtausende schleichen sich Fehler ein, die im Schlepptau hängen wie ein von Seetang ummantelter Schatz.“

„Was ist so wichtig an diesem Unterschied? Es ist nur ein *s*.“

„Dieses *s* ist alles. Dieser Satz wird Sokrates‘ Erbe sein. Dafür sorge ich. Er hat mich erschaffen, aber ich habe seine Handlungen und sein Leben geprägt. Was davon bleiben wird, ist ‚Ich weiß, dass ich nichts weiß‘. Ein Buchstabe, der alles verdreht.“

„Sokrates weiß natürlich, dass er etwas weiß.“

„Deswegen ist dieses s mehr als nur ein Schönheitsfehler.“

„Sokrates unterscheidet zwischen dem, was man als Mensch wissen kann, und dem, was man als Mensch nicht wissen kann. Das hat ihn ein Leben lang zu einem treuen und demütigen Diener der Wahrheitssuche gemacht.“

„Und wurde am Ende schlecht belohnt.“

„So ist es. Aber man wird ihn an dieser Aussage noch in dreitausend Jahren erkennen, wenn man schon einmal von ihm gehört hat. Das ist meine Aufgabe. Ich habe ihn immer wieder daran erinnert, etwas zu schaffen, das bleibt.“

„Du hast einen großen Beitrag in seinem Leben geleistet“, fuhr Athena anerkennend fort. „Aber was kannst du mir über die Zeit sagen, die von Sokrates erzählen wird? Ich denke, es würde ihn interessieren. Er ist ein neugieriger Mann.“

Sokrates‘ Augen öffneten sich, und er blickte jetzt weit durch die Mauern hindurch in die Ferne. Der Adler und auch Athena hatten es bemerkt, doch solange sein Körper noch ruhig hier im Innenhof vor Anker lag, während sein Bewusstsein noch in diesem Tempel tauchte, konnte sie mit ihrer Befragung ruhig fortfahren. Noch war es nicht Zeit zu gehen.

„Es wird nicht lange nach ihm einen Juden geben", erfuhr sie dann, „der wie Sokrates vor Gericht steht und seinen weltlichen Richtern trotzt. Doch das Gericht, dem allein er sich unterwirft, ist ebenfalls von einem höheren Ort. Auch ihn wird man wegen Gotteslästerung und Stiftung zur Unruhe anklagen. Auch er hätte sich kraft seines Verstandes und seiner Vernunft aus der Anklage retten können. Aber sein Weg wird – wie der des Sokrates – derjenige sein, der der Wahrheit mehr verpflichtet bleibt als dem weltlichen Urteil. Beide wissen um die Erlösung, die nach dem körperlichen Leben auf die Menschenseele wartet. Beide wissen sie um den Lohn, den man auf der anderen Seite erhält, und den Preis, den man dafür unter Menschen auf Erden zahlt. Sein Ruhm wird um die ganze Welt gehen. Er hat Schüler wie Sokrates, aber seinem Ruf werden Millionen Menschen folgen. Er ist ihr Heiland. Man wird seine Worte aufschreiben, nach seinem Tod."

„Wann wird das sein?"

„Von vorne aus betrachtet etwa dreiundachtzig Jahre nach Christus."

„Nach Christus?"

„So ist es. Man wird die Zeit der Weltgeschichte nach ihm bemessen."

Athena war erstaunt. Für einen Moment hätte sie beinahe selbst einen Anker gebraucht. Sie hätte diesen Teil von Sokrates am liebsten gefragt, ob er ihr auch etwas über sie und ihre Zukunft sagen konnte, aber das war nicht ihr Auftrag. Und so spürte sie in ihr goldenes Band hinein, das ein Siegel der großen, göttlichen Familie war.

„Welche Zeit schreiben wir jetzt?"

„399 vor Christus."

„Er wird also noch kommen", flüsterte Athena. Und wieder rauschte der Wind auf. „Wer ist er?", fuhr sie nach einem Augenblick fort, der die Zeit gedehnt erscheinen ließ.

„Der Sohn Gottes", hallte es von einem Ort zurück, den selbst Athena nicht kannte. Und auch Sokrates' Augen weiteten sich mit Staunen. Diese Stimme kam nicht vom Tempel aus Sokrates' innerer Welt, und sie gehörte auch nicht zu Athenas inneren Heerscharen oder den Hallen des ewigen Olymp. Der Klang war fern und doch nah. Eine Zeitlang schwiegen alle. Etwas Vertrautes war zu spüren.

„Wird es auch einen Satz geben, den die kommende Welt mit diesem Mann verbinden wird?", fragte Athena besonnen.

„Ja, diesen Satz wird es geben: Liebe deinen Nächsten wie dich selbst."

„Und werden die Menschen auch diesen Satz falsch übersetzen?"

„Nein, falsch werden sie nur die ersten Worte der Bibel übersetzen. Das Buch, das vom Leben dieses Mannes erzählen wird."

„Was werden sie in diesem Buch verkennen?", wollte Athena jetzt wissen.

„Am Anfang war das Wort."

„Kann man sagen. Was ist falsch daran?"

„Genau genommen heißt es: *Im* Anfang war das Wort."

„Der Unterschied ist …“

„… richtig. Die Menschen denken zu sehr in ihrer körperlich begrenzten Welt. Dort gibt es einen Anfang und ein Ende. Alles im menschlichen Erleben hat einen Anfang und ein Ende. Doch das Wort Gottes, wie man es nennen wird, kennt keinen Anfang und kein Ende. In ihm ist schon der Anfang, und er ist es schon immer gewesen. Nichts ist ohne und nichts durch ihn.“

„Du sprichst von Unendlichkeit?“

„Ich spreche von Göttlichkeit, wie du sie kennst, Athena, nur klarer, reiner, aus einer Hand. Gott ist alles und eins, und – erlaube mir – nicht so zerstritten wie deine Brüder und Schwestern auf dem Olymp. Gott ist eine Quelle. Die einzige.“

Sokrates‘ Mund fing jetzt an sich zu weiten. Er lächelte.

„Das ist mein Freispruch!“, dachte Sokrates. Er war plötzlich präsent, wie lange nicht mehr. Aufmerksam lauschte er den Stimmen am inneren Tempel. „Nein, er war nicht gottlos! Er hatte von Gott gesprochen wie es kein anderer vor ihm gewagt hatte. Er wusste um den Preis, und offenbar wusste dieser Mann, der nach ihm kommen würde, auch davon. Beide haben sie ihre Wahrheit nicht verraten. Er fühlte sich wie ein *Prodrom*. Ein Vorläufer, wie sie ihn in den Spielen haben, stolz mit einer Fackel in der Hand, die das große Licht entfachen wird.

„Und wird es noch Philosophen geben?“, setzte Athena die Runde fort.

„Von Platon weißt du jetzt. Er wird das Dichten von Tragödien aufgegeben und seinem Lehrer Sokrates – den er seinen dämonischen Meister nennen wird – folgen. Der Mord an ihm, so wird er es empfinden, wird ihn aus Athen treiben, das längst seine besten Zeiten gesehen hat.“

Athena seufzte. Hier blieb wohl kein Stein auf dem anderen. Sie befürchtete, die besten Zeiten gesehen zu haben. Erst ein Gott, einer, der über allem steht, und dann noch der Untergang ihrer Stadt. Es stimmte sie traurig, dass das alles vorbei sein sollte. Am Ende war doch nicht alles für die Ewigkeit. Doch dann fasste sie sich und erinnerte sich daran, dass das ja Sokrates‘ innere Welt war. So blickte sie erhobenen Hauptes auf und mahnte zur Eile.

„Fahre fort. Ich höre.“

„Nun, aus Gram über den sinnlosen Verlust seines Lehrers wird er Athen verlassen. Er wird auf Reisen gehen, wird Megara, Ägypten und Kyrene sehen.“

„Aber nach ihm ...“

„... wird es noch viele Philosophen geben. Das ist richtig. Sokrates‘ Tod wird sie in gewisser Weise erst gebären.“

Plötzlich fasste Sokrates sich an seinen Bauch. Es war nicht zu übersehen.

„Bist du das, Ich-weiß-dass-ich-nicht-weiß?“

„Nein, das bin ich nicht.“

„Wer spricht dort, in Sokrates‘ Händen, mit uns?“

Es war einer dieser Augenblicke, den die Intuition Athena zu nutzen befohlen hatte. Vielleicht war es Kairos, der richtige Moment, und dann sollte man ihm eine Chance geben!

„Ich bin *Phaunarete*. Sokrates' Mutter."

„Du bist Sokrates' Mutter?"

„So wahr ich ihn geboren habe."

„Ich danke dir, Phaunarete, dass du gekommen bist. Aber sag, was hat dich jetzt hierher berufen?"

„Der andere war es, der die ganze Zeit schon spricht, als wäre das alles sein Verdienst."

„Du klingst ärgerlich. Hilf mir, deinen Ärger zu verstehen."

„Das Männliche, es will immer gleich gesehen werden."

„Wie meinst du das?"

„Na, hör ihn an, wie er spricht!"

„Was ist damit?"

„Große Worte für einen Mann, der ja selbst nie geboren hat."

Athena schwieg. Man konnte jetzt die Vögel hören und das Getümmel der Stadt. Und sicher wird da draußen gerade irgendwo ein Kind geboren.

„Von Austragen und Gebären verstehst du jedenfalls nichts!", schob Phaunarete hinterher. „Bist du doch eine Kopfgeburt von Zeus."

Athena schwieg weiterhin. Sie hatte nicht mit einer solchen Feindseligkeit gerechnet.

„Ist es nicht so?", hakte sie hinterher.

„Im Augenblick möchte ich deinen Sohn in seiner letzten Stunde auf Erden begleiten", sprach Athena besonnen. „Nicht mehr und nicht weniger.“

„Er hat mich. Er braucht dich nicht.“

„Er hat nach mir gerufen.“

„Ich konnte ihn nicht davon abhalten.“

„Wie hättest du ihm helfen wollen?“

„So viele Kinder habe ich als Hebamme in diese Welt gebracht, und nun soll ich meinem Sohn beim Sterben zusehen?“

„Deswegen hat er euch weggeschickt, dich und die anderen Frauen.“

„Ja, und die Männer hat er auch weggeschickt.“

„Aber du bist noch immer hier“, entgegnete Athena.

Phaunarete schwieg. Sie war offenbar irritiert.

„Darf ich dir etwas sagen?“, fuhr Athena bedacht fort.

„Sprich, wenn es die Vernunft dir eingibt!“

„Du bist hier und berührst seinen Bauch. Das kann ich sehen. Aber seine Mutter ist schon lange gestorben.“

Sokrates‘ Hände hielten plötzlich inne.

Athena musste ihre Worte jetzt ganz genau wählen. Sie kannte die Beziehungen der inneren Welt noch nicht gut genug. Aber sie wollte es auf einen Versuch ankommen lassen und nahm sich Niemands Ratschlag zu Herzen. Immerhin hatte er vorhin von Seefahrt gesprochen. Und sie wählte die Worte: „Ich glaube, du bist das, was er von dir innerlich *verankert* hat.“

Einen Moment schwieg Phaunarete. Dann brach es mit einem Mal aus ihr heraus: „Ich brauche Anerkennung", schluchzte sie.

„Du brauchst Anerkennung?", wiederholte Athena, um ihr zu verstehen zu geben, dass sie noch immer bei ihr war.

Phaunarete nickte wie ein Kind.

„Das verstehe ich. Sag, wie könnte diese Anerkennung aussehen ...? Aber warte ... Ist es in Ordnung, wenn die anderen hier am Tempel zuhören?"

Der Kopf nickte abermals.

„Sie sollen verstehen, was der Unterschied – verzeih, wenn ich vorhin so gesprochen habe – von einer Kopfgeburt und einer Bauchgeburt ist."

Athena nickte weise. Sie hatte sich nicht aus ihrer göttlichen Fassung bringen lassen.

„Fahre fort", sagte sie besonnen.

„Ich möchte die Menschen nicht bekehren. Und ich möchte sie auch nicht belehren. Ich bin kein Prophet. Ich möchte sie ermutigen zu denken, so wie Sokrates' Mutter es ihn gelehrt hat."

Jetzt begann Sokrates' Körper sich langsam zu drehen und zu wenden. Als wollte er sich in diesem Moment von einer alten Körpererfahrung befreien. Und tatsächlich löste sich der Schmerz in seinem Rücken, der seit dem Morgen in seinem Körper war. Dieses Ziehen, wie man es von Frauenleiden kannte. Und nachdem es sich gelöst hatte, kehrte ein Strahlen in sein Gesicht zurück.

„Jetzt ist es vollbracht", dachte Athena. Sie war sich nicht sicher, ob Phaunarete wirklich in Sokrates' Geist und Körper war, oder ob es nur ihr Eindruck gewesen war, der sich dort verankert hatte. Doch jetzt hatte Phaunarete selbst von *Sokrates' Mutter* gesprochen.

„Und wie hat Sokrates' Mutter ihn gelehrt, die Welt zu sehen?"

„Sie hat immer gesagt: Jedes Kind ist ein kleiner Gott. Jedes ist einzigartig. Ich habe keine zwei gleichen Kinder auf die Welt kommen sehen. Selbst Zwillinge haben eine unterschiedliche Aura."

„Ich verstehe. Und wie wirkst du mit dem, was Sokrates' Mutter zu ihm gesagt hat, in seinem Leben?"

„Es ist das, was wir auf dem Marktplatz tun. Wir wollen das Denken *gebären*. Mag sein, dass er *von vorne* kommt, wie er sagt. Aber hier auf dem Marktplatz der Stadt, in der Sokrates geboren wurde, habe ich die Menschen aufgerührt. Hier ist seine Heimat, sein Mutterboden. Auf diese Erde ist das Blut seiner Mutter geflossen, als er geboren wurde."

Athena hörte diese Worte und war sich jetzt sicher, dass Phaunarete nur ein Eindruck von Sokrates' Mutter war.

„Sprich weiter, Phaunarete."

„Was ich tue, wenn ich da draußen auf dem Marktplatz stehe, kann man nicht sehen. Man kann es nur spüren. Die Sophisten reden nur geschickt mit Worten, verdrehen Wahrheiten, wie es ihnen, ihrem Ruhm und ihren Auftraggebern beliebt. Mir geht es darum, dass man nicht alles glaubt, nur weil es von einer autoritären Person gesagt wird."

„Und wo kann man es spüren?"

„Das ist bei jedem anders. Aber wenn das eigene, gut geglaubte Denken wie eine Mauer fällt, kann man zuerst die Hilflosigkeit spüren. Manchen macht das weiche Knie, anderen Kopfschmerzen oder Schwindel. Anderen wiederum fährt die Wut ein. Aber das ändert nichts daran, dass die Wehen eingesetzt haben. Wenn man anfängt, seine eingeschliffenen Wahrheiten zu hinterfragen, sind das die ersten Anzeichen der bevorstehenden Geburt."

„Das ist, was dich vor Gericht getrieben hat?"

Der Kopf nickte, und eine andere Stimme gesellte sich stützend hinzu. Eine Stimme, die Athena heute schon gehört hatte.

„Und sie werden es später *Mäeutik* nennen", sprach Ich-weiß-dass-ich-nicht-weiß.

„Die Hebammenkunst", wiederholte Athena.

„Sokrates' Wirken wird dir ein Denkmal setzen, Phaunarete. Diejenigen, die im Gedenken an Sokrates arbeiten wie er, die mutig genug sind, ihre eigenen Wahrheiten zu hinterfragen, die anderen helfen, sich zu entwickeln. Sie werden tun, was du für ihn getan hast."

„Ich danke dir", brach es nach einer Zeit aus Phaunarete heraus.

„Ich habe dich immer hochgeschätzt, auch wenn ich wusste, dass du mich als Konkurrenz gesehen hast. Das bin ich nicht. Glaube mir, dein und mein Vermächtnis sind für immer aneinandergebunden. Ich bin hier wie du. Wir sitzen im selben Boot."

Athena atmete zufrieden durch. Ruhe zog ein an diesem beschaulichen Ort, der vor einer gefühlten Ewigkeit noch Verzweiflung geatmet hatte. Die Spuren im Sand zu Sokrates' Füßen sprachen davon.

Bei uns Göttern gibt es auch viele Charaktere, Kämpfe und Eifersucht, dachte sie still bei sich. Selten sind wir in einem einzigen Boot. Und wenn es so ist, dann schreiben die Menschen es für immer auf. Weil es eben so selten ist. Ich kenne diese Kämpfe im Inneren eines psychischen Systems. Ich bin ein Teil davon. Wie alle anderen Götter auch. Jeder hat seine Stärken und seine Schwächen. Was, wenn wir alle im Guten zusammenwirken würden?

Dann stand die Zeit still.

„Wir hätten eine Chance gehabt", meldete sich Niemand, „aber ich war zu weit weg vom Ruder. Sokrates müsste nicht sterben."

„Wie soll ich das verstehen?"

„Du, weise Athena, die sich gibt, als wüsste sie nichts!"

„Meine Weisheit reicht nicht so weit wie du denkst. Auch Weisheit hat ihre Grenzen."

„Es wird eine Zeit kommen", fuhr Ich-weiß-dass-ich-nicht-weiß dazwischen, „in der sich Menschen angewöhnen, so mit anderen zu reden, wie du es tust. So als würden sie nicht alles gleich im Voraus verstanden haben. Sie werden es zur Haltung machen, wenn sie andere auf ihrem Seelenweg begleiten. Sie werden es Therapie nennen."

„*Therapon.* Der Diener und Weggefährte", sprach Athena leise. „Ich verstehe, was du meinst."

„So ist es. Darum müssen wir uns fragend kennenlernen."

Athena blickte zum Tor. Die Zeit lief ihnen allmählich davon. Viel fragen konnte sie jetzt nicht mehr.

„Aber nun sag Niemand. Warum hatte Sokrates keine Chance? Und was meinst du mit ‚du warst zu weit weg vom Ruder'?"

„Sokrates hatte keine Chance, weil ich keine Chance hatte. Er spürt es dann immer in seinen Unterarmen. Sie beginnen zu ziehen. Ich will das Ruder an mich nehmen. Das spürt er, aber er weiß es nicht. Und diesmal weiß er nicht, dass er es nicht weiß. Er hätte nur das Angebot seiner Freunde annehmen müssen. Und er hat abgelehnt! Sie hätten ihm die Flucht ermöglicht. Diese Sturheit! Dieser Stolz!"

„Genau", setzte Ich-weiß-dass-ich-nicht-weiß hinzu. „Mit den Worten, man könne nicht die Wohltaten des Staates annehmen und den Gesetzen nicht folgen, wenn es eng wird."

„Ja, wir hätten den Wind in andere Segel bekommen. Und mit seiner Weisheit und deiner Hilfe hätten wir das Schiff nach Hause gesegelt. Zu den Freunden, zu seinen Söhnen, zu seinen Schülern. Er wäre schon jetzt wieder auf dem Marktplatz. Nur reden müsste er vorsichtiger."

„Freunde", sprach Athena weise. „Die Sache ist nun eben so, wie sie ist. Wir können die Zeit nach vorne drehen, aber nicht zurück."

Sie blickte in den Himmel. Das Abendrot zeichnete schon lange Schatten in den Hof. Der Wind hatte aufgefrischt.

Der Adler saß noch immer fest auf seinem Platz. Athena warf ihm einen Blick zu. Und er fixierte den Körper von Sokrates, der dort unten wie im wachen Schlaf auf dem Block aus Sandstein saß. Seine Füße hatten längst einen ruhigen Platz im Staub gefunden. Es war, als wäre ein Teil von Sokrates schon gegangen. Jetzt war der Moment gekommen.

„Ich frage mich, ob es einen Teil an diesem Tempel gibt", fragte Athena jetzt „der noch etwas zu sagen hat? Wenn es so einen Teil gibt, wird der Kopf nicken. Wenn es keinen solchen Teil gibt, wird der Kopf nein schütteln."

Es dauerte nicht lange, bis etwas in Sokrates nickte. Es war gut zu sehen, auch ohne Adleraugen. In diesem Moment spannte sich etwas ganz unbemerkt in Sokrates' Brust, so als würde man ganz leise einen Bogen einspannen. Es war ein leiser, feiner Stolz. Nur die Atmung veränderte sich, und die feinen

Muskeln um die Augenhöhlen ließen die Augen enger wirken.

„Wer bist du?"

„Ein Krieger wie du."

„Ein Krieger?"

Der Krieger nickte. Sein Kopf war erhaben. Beide wären sie leicht daran gewesen, mit bloßen Reden andere zu überzeugen. Aber ein kluges Reden war noch etwas anderes als eine Meinung und eine persönliche Meinung noch etwas anderes als eine ethische Haltung. Er war das, was Sokrates, sein *Gewissen* nannte. Und nur ihm diente er. Und das wusste er. Und Athena wusste, dass er derjenige sein musste, den sie vorhin schon bemerkt hatte.

In diesem Moment ging ein starker Atemwind durch Sokrates' Brust.

„Bist du *Daimonion*?"

„Ich habe keinen Namen. Aber wenn du einen brauchst, kannst du mich *Ares* nennen."

Athena erschrak. Sie hatte es doch nicht tatsächlich mit einem Gott zu tun?

„Ares?", fragte sie sicherheitshalber nach.

Ares nickte.

Athena hatte plötzlich jemand Gleichwertigen vor sich. Und sie wusste, dass sie ohne seine Zustimmung nicht gehen konnten, nicht dorthin, wo Sokrates wollte. Das war ihr Auftrag.

„Sprich, was hast du zu sagen?"

„Lange sitzen wir schon hier und holen Altes wieder", sprach Ares mit tiefer und beeindruckender Stimme. Er klang aber auch feierlich, gleichgültig und erhaben. Fast entrückt, von oben über die Welt schauend. „Aber du kannst das Alte nicht löschen. Sokrates wird seine Erinnerungen immer in sich tragen. Sein Leben wird Geschichte schreiben, und wir haben es gemeinsam bis hierher getragen. All unsere Anstrengungen liegen in diesem weltlichen Urteil. Das ist es, was Sokrates' Leben war. Es ist nicht recht, seine Geschichte umzuschreiben."

Athena hörte aufmerksam zu. Behutsam sortierte sie im Inneren ihre Worte. Es war plötzlich so still, wie es an so einem Abend nur sein konnte. Der Wind im Innenhof des Gerichts hatte ausgesetzt. Zum wiederholten Male. Doch jetzt hatte selbst das Singen der Vögel aufgehört, und das Gebell der Stadt war verstummt. Es war einer der Momente, in denen sich ein Schicksal entscheidet. Wenn es windstill ist, lauschen die Götter, sagt man. Jedes Wort lag nun auf der Waage. Und Ares wusste um das tragende Gewicht seiner Stimme.

„Du hast gehört, was wir gesprochen haben?"

„Jedes Wort."

„Du kennst Sokrates' Geschichte, du weißt wohin sie führt."

Athena nickte.

„Du kennst seinen Ruhm, den heutigen und den, der erst noch kommen wird. Seine Worte, die bleiben werden, und die ganze Geschichte, die man über ihn schreiben wird."

„So ist es."

Athena atmete durch. Sie wusste, dass sie sich auf einem schmalen Pfad bewegte. Götter waren vom Schicksal nicht ausgenommen, und wenn sie hier etwas tat, was gegen den Willen des Großen Gesetzes war, hätte auch sie ihr Schicksal besiegelt, ohne zu wissen, wohin es sie führen würde. Auch ihre Geschichte würde dann eine andere sein. Man würde anders von ihr sprechen, man würde sie vielleicht nicht mehr anbeten. Man würde sie vielleicht ihrer Macht und Tugend berauben. Oder, schlimmer noch: Sie würde sich mit einer Tat, die gegen das Große Gesetz verstieß, selbst berauben. Im schlimmsten Fall würde sie ihre Würde verspielen, das Wertvollste, was Götter und Menschen besaßen.

Es war noch immer still. Sokrates hörte aufmerksam zu. Er hatte sein Schicksal dieser Runde und Athena verantwortet. Und er vertraute ihr. Immer noch.

„Er wird den Schierlingsbecher nehmen. Eine Stunde, das war die Gnade, die ihm zugesprochen wurde", sprach Ares.

Man konnte jetzt jedes Blatt hören, das sich verstohlen von den Bäumen Richtung Erde fallen ließ. So, als wolle es nicht länger an diesem einen, alten Baum bleiben. Veränderung lag in der Luft. Und der Äther war Zeuge.

„Was ist dein Anliegen?", fragte Ares.

„Nun, ich bin auf Sokrates' Wunsch hier. Er möchte im Ganzen gehen. Nichts von ihm soll auf dieser Erde zurückbleiben, außer diesem Körper. Er will ... Es dauerte eine Weile, bis sie das richtige, das passende Wort gefunden hatte. Dann atmete sie langsam aus, während sie es sprach. Er will *ganz* gehen.“

Ares nickte. „Und fehlt noch etwas?“

„Ich weiß nicht, ich kenne seine Innenwelt nicht gut. Ich meine ...“

„... dass man wohl nie ganz fertig wird.“

„So ist es.“

„Ich habe viele Schlachten gesehen. Ich war im Krieg gegen Sparta, in Potidaia, Delion und Amphipolis. Denkst du, dass man wirklich *ganz* gehen kann?“

„Ich finde, *wir* sollten es versuchen.“ Diesmal setzte Athena das Wort *wir* ganz bewusst auf die Waagschale. Wenn sie gehen konnten, dann nur alle zusammen. Das war Sokrates' letzter Wunsch.

„Ich habe hier einen Anteil, der meinen Schutz genießt, wobei ‚genießen‘ in diesem Fall nicht wirklich das richtige Wort ist. Er hat verzweifelt Zuflucht gesucht, und ich war da, sie ihm zu geben. Seither beschütze ich ihn. Es war damals in den Peloponnesischen Kriegen. Sie waren fürchterlich. Das Menschen sich so etwas antun können, hat ihn tief verschreckt.“

Einen Moment lang schwieg die innere Welt. Es war, als wären alle noch einmal in Gedanken bei diesem Krieg. Manche wussten davon, andere nicht. Aber Ares' Worte waren so klar und deutlich, dass keiner Zweifel daran hatte, dass so etwas geschehen war.

Athena, die selbst mit dabei gewesen war, hielt den Atem für eine Schweigeminute an, um dann lange und tief auszuatmen. Und während sie das tat, sagte sie: „Es ist gut, Ares, dass du da warst. Und es ist gut, dass du da bist. Jetzt. Sehr gut. Jetzt verstehe ich deinen Stolz."

„Ich habe nichts mehr zu verlieren. Sokrates ist 71 Jahre alt. Was jetzt noch kommt, ist es nicht wert, gelebt zu werden. Sicher, seine Schüler und seine drei Söhne ... Sie werden ihn vermissen. Auch Xanthippe, die ihn nicht immer gut behandelt hat. Aber wir alle haben Fehler gemacht. Hätte Xanthippe ihn nicht immer wieder aus dem Haus getrieben, hinaus auf den Marktplatz, gäbe es diese Art der Mäeutik, wie sie später wohl genannt werden wird, gar nicht. Es ist alles gut, so wie es ist. Im Nachhinein sehen viele Dinge klarer aus."

„Und der Teil, der sich in deiner Obhut befindet?"

„Ist schon hier."

Die Spannung im Brustkorb löste sich. Die Flanken wurden weich und locker. Sokrates streichelte sie sanft mit seinen Händen. Er massierte seinen Rücken mit tiefen, sanften Zügen. Ein langsames Massieren. Ganz langsam. Und jedes Mal, wenn er ausatmete, presste er einen alten Schmerz hinaus. Es war der Schmerz der Seele, der hier saß, nicht der des Körpers. Er massierte immer weiter in die Tiefe und holte jedes Mal ein Stück Vergangenheit heraus. Ares wusste um diesen Schmerz. Athena konnte es nur ahnen und sah ihm zu. Dort, wo der Panzer saß, massierte er den ganzen Schmerz aus seinem Körper heraus. Stöhnen und Wehklagen erfüllten den Hof und Athena hatte Angst, dass die Wachen kommen würden. So setzte sie den Wind wieder ein und ließ ihn kräftig blasen, dass Angst und Schmerz Richtung Meer hinunterjagten, bis sie dort auf dem Grund angekommen waren. Dann war es still.

„Jetzt kann ihm nichts mehr passieren.“

Athena nickte zustimmend und sah Ares direkt in die Augen.

„Allmählich wird es Zeit.“

Ares nickte.

„Es ist vollbracht. Ich danke dir, Athena.“

„Dann bitte ich euch jetzt das Schiff zu besteigen. Phaunarete, den Teil, der mit Ares war, Niemand, Ich-weiß-dass-ich-nicht-weiß, und dich, Ares. Beschütze sie alle auf dieser Fahrt. Ihr müsst jetzt keine Angst mehr haben und auch keinen Hunger und keinen Schmerz.“

Sokrates‘ Haltung wurde anmutig. Der Kopf hielt sich nun ganz gerade auf seinem Hals, der entspannt und aufrecht zugleich war. Die Lippen waren leicht geöffnet, die Augen offen, der Blick weit und klar. Unter einer weichen, starken Brust zog in tiefen Zügen sein Atem, den frischen Strömen des Okeanos gleich. Die Hände ruhten auf seinen

Schenkeln. Alles an ihm ließ erkennen, dass er die weltlichen Waffen niedergelegt und die der Seele angenommen hatte. An dieser Stelle, hier auf den letzten Metern, brauchte er das Schwert seiner Zunge und den Panzer seiner Wut nicht mehr. Sein Körper war stark, friedlich und zum letzten Gang bereit.

„Jetzt möchte ich wieder mit Sokrates sprechen", sagte Athena.

Sokrates nickte mit Tränen auf den Wangen. Es waren Tränen des Abschieds und der Dankbarkeit.

„Sokrates, es ist nun an der Zeit. Ich danke deiner inneren Mannschaft. Sie sollen nun jeder seinen Platz an Bord einnehmen. Und du, Sokrates, nimm das Ruder in die Hand und folge dem Adler über den Hof hinaus."

„Danke, Athena, das war mehr, als ich erwartet habe."

In diesem Moment breitete der Adler seine Flügel aus. Seine Schwingen waren riesig, viel größer als er gedacht hatte. Und der Klang seiner Schwingen nahm seinen Herzschlag mit auf die allerletzte Reise, während Athena ihre Hand an seiner rechten Schulter hatte.

„Chaire, gehab dich wohl, weiser Sokrates. Deine Zeit wird noch kommen."

Und er ließ die Tränen laufen. Sie formten sich zur Welle und schoben das Schiff weiter an, wie Niemand es vorausgesehen hatte.

In diesem Moment kamen die Wachen zum Tor herein. Sie wollten ihn zurück ins Gebäude führen, wo das Gift auf ihn wartete. Doch im selben Augenblick sackte sein Körper zusammen. Die Wachen konnten nicht verhindern, dass sein Leib zu Boden ging. Der Staub bedeckte zuerst seine Hände, dann seinen Bauch und schließlich seine Wangen. Doch er, er spürte die Gischt über sich kommen. Und als sie bei ihm waren, hörten sie nur noch einen langgezogenen, kräftigen Atemzug. Dann war seine Seele über die Mauern des Innenhofs hinweggezogen. Das Schiff hatte den Hafen bereits verlassen, hinaus zu neuen Ufern. Zurück blieb nur sein Körper, schwer und träge, mit einem Lächeln auf halb geöffneten Lippen. Die Sonne schickte ihre langen Strahlen voraus. Und als sie nach oben blickten, sahen sie den Adler in großen, breiten Schwingen davonfliegen. Majestätisch zog er dort oben seine Kreise. Und sie hörten einen Chor übers Meer hinaus singen:

Jetzt sitzen wir mit euch in einem Boot
Segeln durch das Hafentor ins Abendrot
Der Wind ist Kapitän hier an Bord
Wir sind das letzte Schiff

Wir singen, tanzen, lachen
und es geht uns gut
Wir haben kein Gold
doch Musik an Bord
Der Wein und die Musik

sind unser Abendbrot
Wir sind das letzte Schiff

Erst zum Morgen kehren wir zurück
Wenn alles andere schläft
erwacht für uns das Glück
Der Wein und die Musik
sind heute unser Bett
Wir sind das letzte Schiff
Auf, auf zum Meeresritt!

Setzt die Segel
Lasst die Taue los!
Setzt die Segel
Zusammen sind wir
Setzt die Segel
Lasst die Taue los!
Setzt die Segel
Zusammen sind wir mehr

Danksagung

Mein herzlicher Dank geht an Heiner Keupp, der den Lehrstuhl für Reflexive Sozialpsychologie der Universität München innehatte. Sein Blickwinkel auf Identitätskonstruktionen hat mein Studium und meine Arbeit bis heute geprägt.

Besonders danken möchte ich Woltemade Hartman. Bei ihm habe ich die Ego-State-Arbeit, vor allem in Verbindung mit körpertherapeutischen Elementen, kennengelernt. Sein Ansatz und seine Inspirationen dazu gehen mittlerweile um die ganze Welt.

Ich möchte mich auch bei meinen Ausbildern in Somatic Experiencing® danken: Urs Rentsch und Sonja Gomes. Diese Kombination ist wahrlich etwas Besonderes.

Ebenso geht mein Dank an die „Mannschaft" von Ego-State-Coaching & Counselling Deutschland. Möge dieser Ansatz im Coaching genauso vielen Menschen helfen wie in der Therapie.

Danke auch Eva Dempewolf für das fachliche Lektorat. Es ist gut, jemanden mit Ego-State-Blick darübersehen zu wissen.

Und nicht zuletzt gehört mein aufrichtiger Dank alle jenen KlientInnen, die ich täglich auf dieser Reise begleiten darf. Mögen diese Prozesse zum allerhöchsten Wohl, zu Gesundheit, mehr Frieden, Freiheit, Freude und Liebe führen.

Ego-State-Coaching
— Institut Chiemsee —

Zum Buch

Völlig unerwartet wird der junge Hirte Astacho in das Schicksal scheinbar vergangener Zeiten entführt. Die überraschende Hochzeit seines Königs lässt ihn eine Liebe erfahren, die ihn über Leere und Einsamkeit bis in die Fremde treibt. Doch er findet Mut und einen Weg zurück. Eine märchenhaft-mystische Geschichte über die Liebe und das Wesen unserer Zeit.

Leserstimmen

»Es war eine Melodie! Das Meer, die Bäume, das Pferd und die Liebe! Nicht nur für die Ohren, sondern Musik für alle Sinne! Der einzige Nachteil: Es ist etwas kurz! Gerne hätte ich noch weiter gelesen...«
Susanne B., Zürich

»Es war faszinierend, den Bildern verschiedener Welten nachzugehen und damit selbst auf den Weg mitgenommen zu werden. Eine Mischung von Magie, Mythologie und fantasievollen Bildern der Liebe und Sehnsucht.«
Gerd F., Innsbruck

»Astacho adelt die Dinge, die uns auf unserem Lebensweg ständig begleiten; die Bäume, die Gräser, die Natur insgesamt.«
Heinrich Mühlhofer, Steinhöring

Weitere Leserstimmen via www.elarena.de

Zum Buch

In vierzehn Geschichten führt uns der Philosoph und Songwriter Florian W. Huber in diesem Buch auf den Highway to Ataraxia, vorbei an mythologischen Landschaften, lyrischen Hainen und philosophischen Lichtungen.

Leserstimmen

»Ein Buch voller Lebensweisheiten [...] Dieses Buch enthält so liebevoll geschriebene Geschichten und Gedichte, [...] dass ich dieses Büchlein immer wieder zur Hand nehmen und mich verzaubern und treiben lassen werde.«
Steffi B., Rimsting

»Mit Achtsamkeit entführt jede dieser kleinen Geschichten den Leser ein Stück näher zu sich selbst. Das Buch ist ein Leitfaden zu sich selbst und wunderschön geschrieben.«
Regina S., Prien am Chiemsee

»[...] Einfach wunderbar! [...] und am nächsten Tag schmeckt der morgendliche Kaffee nach Lavendel und Sonne!«
Barbara via Amazon

Weitere Leserstimmen via www.elarena.de

Roman, Paperback, 188 Seiten, 9,90 €
Erhältlich über den Buchhandel
und alle großen Online-Händler
ISBN 978-3-7412-6205-0
Auch als E-Book erhältlich! 7,99 €

Zum Buch

Raffaella ist neunzehn, lebt seit ihrer Geburt auf der Insel Elba und steht kurz vor ihrem Studium in Florenz. Als ihr der Zufall ein Bündel poetischer Briefe in die Hände spielt, taucht sie in einen Zauber ein, der sie auf eine ganz eigene Reise durch ihre Heimat und am Ende in den zarten Anfang einer neuen Liebe führt.

Oleandermond über Elba ist Florian W. Hubers zweiter Roman und weiß ebenso fein vom Erbe längst vergangener Zeiten zu erzählen wie von der Romantik mediterraner Gegenwart.

Leserstimmen

»Der Autor schickt den Leser auf eine philosophische Reise durch eine Gedankenwelt zwischen Realität und Phantasie. Eine Reise, die erfüllt ist von der Suche nach den Wurzeln und dem Ursprung der Liebe. Wer eine leicht dahinplätschernde Urlaubslektüre mit italienischem Lokalkolorit erwartet hat, wird von diesem Buch enttäuscht sein. Wer sich aber auf Poesie und Phantasie einlassen kann und dem das Träumen noch nicht abhanden gekommen ist, hat eine gute Wahl getroffen.«
Angela P. via Amazon

Musik

Das preisgekrönte Debüt-Album *Was Bleibt*

*»Moderne, deutsche Popmusik mit musikali-
schem und lyrischem Tiefgang ohne Plattitü-
den. Anspruchsvoll und beeindruckend pro-
fessionell produziert.«*
Musiker Magazin 3/2019

Als CD bestellbar via info@hertzblut.de
Oder online als Stream oder Download in
allen Onlineshops wie Spotify, Amazon,
iTunes etc. web | www. florianwhuber.de

Über den Autor

Florian W. Huber ist Magister der
Philosophie und Doktor der Psychologie.
Er lebt und arbeitet als Trainer, Coach und
Therapeut im Chiemgau. Er leitet das
Ego-State-Coaching-Institut Chiemsee.

Leserstimmen & Kommentare
gerne per Post oder E-Mail an
info@elarena.de | www.elarena.de